VEREDAS

MARIO QUINTANA

Nariz de Vidro

3ª edição

© MARIO QUINTANA, 2014
1ª edição 1984
2ª edição 2003

COORDENAÇÃO EDITORIAL	Maristela Petrili de Almeida Leite
EDIÇÃO DE TEXTO	Carolina Leite de Souza, Marília Mendes
SELEÇÃO DE TEXTOS	Mery Weiss
COORDENAÇÃO DE REVISÃO	Elaine Cristina del Nero
REVISÃO	Adriana C. Bairrada
COORDENAÇÃO DE EDIÇÃO DE ARTE	Camila Fiorenza
PROJETO GRÁFICO	Camila Fiorenza
CAPA	Victor Burton
ILUSTRAÇÕES	Rogério Borges
DIAGRAMAÇÃO	Cristina Uetake, Elisa Nogueira
COORDENAÇÃO DE BUREAU	Américo Jesus
TRATAMENTO DE IMAGENS	Arleth Rodrigues, Resolução Arte e Imagem
PRÉ-IMPRESSÃO	Rubens M. Rodrigues
COORDENAÇÃO DE PRODUÇÃO INDUSTRIAL	Arlete Bacic de Araújo Silva
IMPRESSÃO E ACABAMENTO	BMF Gráfica e Editora
LOTE	753524
CÓD	12084561

Dados Internacionais de Catalogação na Publicação (CIP)
(Câmara Brasileira do Livro, SP, Brasil)

Quintana, Mario, 1906-1994.
 Nariz de vidro / Mario Quintana. — 3. ed. —
São Paulo : Moderna, 2013. — (Coleção veredas)

 1. Poesia – Literatura infantojuvenil
I. Título. II. Série.

ISBN 978-85-16-08456-1

12-13981   CDD-028.5

Índices para catálogo sistemático:
1. Poesia: Literatura infantojuvenil 028.5
2. Poesia: Literatura juvenil 028.5

Reprodução proibida. Art.184 do Código Penal e Lei 9.610 de 19 de fevereiro de 1998.

Todos os direitos reservados

EDITORA MODERNA LTDA.
Rua Padre Adelino, 758 - Belenzinho
São Paulo - SP - Brasil - CEP 03303-904
Vendas e Atendimento: Tel. (11) 2790-1300
www.modernaliteratura.com.br
2022

*Textos selecionados da seção
"Letras & Livros" do* Correio do Povo,
Porto Alegre, RS, e da obra completa do autor.

Sumário

O adolescente, 8

O circo o menino a vida, 10

Indivisíveis, 12

A surpresa de ser, 14

Dança, 16

Os poemas, 18

O poema, 19

Rãzinha verde, 20

Bilhete, 21

Eu nada entendo, 22

Minha rua, 23

Rechinam meus sapatos, 24

Que bom ficar assim, 25

Poema de circunstância, 26

Canção da aia para o filho do rei, 28

Canção de muito longe, 30

Canção de garoa, 31

Canção do charco, 32

É a mesma a ruazinha sossegada, 34

Um dia acordarás, 35

De gramática e de linguagem, 36

O dia seguinte do amor, 38

Viagem antiga, 39

A gente ainda não sabia, 40

Recordo ainda..., 42

O dia abriu seu para-sol bordado, 43

Na outra margem, 44

A noite grande, 45

O peregrino malcontente, 46

Seiscentos e sessenta e seis, 48

Tão simplesmente, 49

O mudo passeio do Doutor Quejando, 50

Anotação que não coube no poema anterior, 51

Se eu fosse um padre, 52

Passarinho empalhado, 53

Apontamentos para uma elegia, 54

Os pés, 56

Uma simples elegia, 57

Tudo tão vago..., 58

Canção de primavera, 60

Os dois gatos, 62

Tão lenta e serena e bela, 66

Canção de baú, 67

O ovo, 68

O baú, 69

Cadeira de balanço, 70

Cocktail party, 72

O cais, 73

Poema da gare de Astapovo, 74

Depois do fim, 76

Um voo de andorinha, 77

O poeta e a sereia, 78

De repente, 79

Evolução, 80

Cuidado!, 81

Canção de um dia de vento, 82

A canção da vida, 84

Inscrição para uma lareira, 85

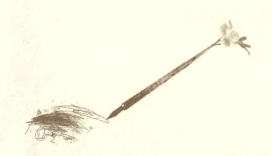

O adolescente

A vida é tão bela que chega a dar medo.

Não o medo que paralisa e gela,
estátua súbita,
mas

esse medo fascinante e fremente de curiosidade que faz
o jovem felino seguir para a frente farejando o vento
ao sair, a primeira vez, da gruta.

Medo que ofusca: luz!

Cumplicemente,
as folhas contam-te um segredo
velho como o mundo:

Adolescente, olha! A vida é nova...
A vida é nova e anda nua
— vestida apenas com o teu desejo!

O circo o menino a vida

A moça do arame
equilibrando a sombrinha
era de uma beleza instantânea e fulgurante!
A moça do arame ia deslizando e despindo-se.
Lentamente.
Só para judiar.
E eu com os olhos cada vez mais arregalados
até parecerem dois pires:
Meu tio dizia:
"Bobo!
Não sabes
que elas sempre trazem uma roupa de malha por
[baixo?"
(Naqueles voluptuosos tempos não havia maiôs nem
[biquínis...)

Sim! Mas toda a deliciante angústia dos meus olhos
[virgens
segredava-me
sempre:
"Quem sabe?..."

Eu tinha oito anos e sabia esperar.

Agora não sei esperar mais nada
Desta nem da outra vida,
No entanto
o menino
(que não sei como insiste em não morrer em mim)
ainda e sempre
apesar de tudo
apesar de todas as desesperanças,
o menino
às vezes
segreda-me baixinho
"Titio, quem sabe?..."

Ah, meu Deus, essas crianças!

Indivisíveis

O meu primeiro amor sentávamos numa pedra
Que havia num terreno baldio entre as nossas
[casas.
Falávamos de coisas bobas,
Isto é, que a gente grande achava bobas
Como qualquer troca de confidências entre crianças de
[cinco anos.
Crianças...
Parecia que entre um e outro nem havia ainda
[separação de sexos
A não ser o azul imenso dos olhos dela,
Olhos que eu não encontrava em ninguém mais,
Nem no cachorro e no gato da casa,

Que apenas tinham a mesma fidelidade sem
                              [compromisso
E a mesma animal — ou celestial — inocência,
Porque o azul dos olhos dela tornava mais azul o céu:
Não, não importava as coisas bobas que disséssemos.
Éramos um desejo de estar perto, tão perto
Que não havia ali apenas duas encantadas criaturas
Mas um único amor sentado sobre uma tosca pedra,
Enquanto a gente grande passava, caçoava, ria-se,
                              [não sabia
Que eles levariam procurando uma coisa assim por
                              [toda a sua vida...

A surpresa de ser

Para Armindo Trevisan

A florzinha
Crescendo
Subia
Subia
Direito
Pro céu
Como na História de Joãozinho e o Pé de Feijão.
Joãozinho era eu
Na relva estendido
Atento ao mistério das formigas que trabalhavam
[tanto...

14

E as nuvens, no alto, pasmadas, olhando...
E as torres, imóveis de espanto, entre voos ariscos
Olhavam, olhavam...
E a água do arroio arregalava bolhas atônitas
Em torno de cada pedra que encontrava...
Porque todas as coisas que estavam dentro do balão
[azul daquela hora
Eram curiosas e ingênuas como a flor que nascia
E cheias do tímido encantamento de se encontrarem
[juntas,
Olhando-se...

Dança

A menina dança sozinha
por um momento.

A menina dança sozinha
com o vento, com o ar, com
o sonho de olhos imensos...

A forma grácil de suas pernas
ele é que as plasma, o seu par
de ar,
de vento,
o seu par fantasma...

Menina de olhos imensos,
tu, agora, paras,
mas a mão ainda erguida

segura ainda no ar
o hastil invisível
deste poema!

Os poemas

Os poemas são pássaros que chegam
não se sabe de onde e pousam
no livro que lês.
Quando fechas o livro, eles alçam voo
como de um alçapão.
Eles não têm pouso
nem porto
alimentam-se um instante em cada par de mãos
e partem.
E olhas, então, essas tuas mãos vazias,
no maravilhado espanto de saberes
que o alimento deles já estava em ti...

O poema

Um poema como um gole d'água bebido no escuro.
Como um pobre animal palpitando ferido.
Como pequenina moeda de prata perdida para
　　　　　　　[sempre na floresta noturna.
Um poema sem outra angústia que a sua misteriosa
　　　　　　　　[condição de poema.

Triste.
Solitário.
Único.
Ferido de mortal beleza.

Rãzinha verde

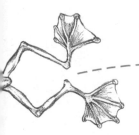

Rãzinha verde, tu nem sabes quanto
foi o bem que eu te quis, ao encontrar-te...
tu me deste a alegria franciscana
de não fugires ao sentir meu passo.
Tão linda, tão magrinha, pele e ossos,
decerto ainda nem comeras nada...
minha pequena bailarina pobre!
Se eu fosse bicho... sabe lá que tontos
que verdes amores seriam os nossos...
Mas, se fosses gente, iríamos morar
sob um céu oblíquo de água-furtada,
um céu cara a cara — só nosso —
e aonde apenas chegasse o canto das cigarras
e o vago marulho do mundo afogado...

Bilhete

Se tu me amas, ama-me baixinho
Não o grites de cima dos telhados
Deixa em paz os passarinhos
Deixa em paz a mim!
Se me queres,
enfim,
tem de ser bem devagarinho, Amada,
que a vida é breve, e o amor mais breve ainda...

Eu nada entendo

Eu nada entendo da questão social.
Eu faço parte dela, simplesmente...
E sei apenas do meu próprio mal,
Que não é bem o mal de toda a gente,

Nem é deste Planeta... Por sinal
Que o mundo se lhe mostra indiferente!
E o meu Anjo da Guarda, ele somente,
É quem lê os meus versos afinal...

E enquanto o mundo em torno se esbarronda,
Vivo regendo estranhas contradanças
No meu vago País de Trebizonda...

Entre os Loucos, os Mortos e as Crianças,
É lá que eu canto, numa eterna ronda,
Nossos comuns desejos e esperanças!...

Minha rua

Minha rua está cheia de pregões.
Parece que estou vendo com os ouvidos:
"Couves! Abacaxis! Caquis! Melões!"
Eu vou sair pro carnaval dos ruídos,

Mas vem, Anjo da Guarda... Por que pões
Horrorizado as mãos em teus ouvidos?
Anda: escutemos esses palavrões
Que trocam dois gavroches atrevidos!

Pra que viver assim num outro plano?
Entremos no bulício quotidiano...
O ritmo da rua nos convida.

Vem! Vamos cair na multidão!
Não é poesia socialista... Não,
Meu pobre Anjo... É... simplesmente... a Vida!...

Rechinam meus sapatos

Rechinam meus sapatos rua em fora.
Tão leve estou que já nem sombra tenho
E há tantos anos de tão longe venho
Que nem me lembro de mais nada agora!

Tinha um surrão todo de penas cheio...
Um peso enorme para carregar!
Porém as penas, quando o vento veio,
Penas que eram... esvoaçaram no ar...

Todo de Deus me iluminei então.
Que os Doutores Sutis se escandalizem:
"Como é possível sem doutrinação?!"

Mas entendem-me o Céu e as criancinhas.
E ao ver-me assim, num poste as andorinhas:
"Olha! É o Idiota desta Aldeia!" dizem...

Que bom ficar assim

Que bom ficar assim, horas inteiras,
Fumando... e olhando as lentas espirais...
Enquanto, fora, cantam os beirais
A baladilha ingênua das goteiras...

E vai a Névoa, a bruxa silenciosa,
Transformando a Cidade, mais e mais,
Nessa Londres longínqua, misteriosa,
Das poéticas novelas policiais...

Que bom, depois, sair por essas ruas,
Onde os lampiões, com sua luz febrenta,
São sóis enfermos a fingir de luas...

Sair assim (tudo esquecer talvez!)
E ir andando, pela névoa lenta,
Com a displicência de um fantasma inglês...

Poema de circunstância

Onde estão os meus verdes?

Os meus azuis?

O Arranha-Céu comeu!

E ainda falam nos mastodontes, nos brontossauros,

[nos tiranossauros,

Que mais sei eu...

Os verdadeiros monstros, os Papões, são eles, os

[arranha-céus!

Daqui

Do fundo

Das suas goelas,

Só vemos o céu, estreitamente, através de suas

[empinadas gargantas ressecas.

Para que lhes serviu beberem tanta luz?!

Defronte

À janela aonde trabalho

Há uma grande árvore...

Mas já estão gestando um monstro de permeio!

Sim, uma grande árvore... Enquanto há verde,
Pastai, pastai, olhos meus...
Uma grande árvore muito verde... Ah,
Todos os meus olhares são de adeus
Como o último olhar de um condenado!

Canção da aia para o filho do rei

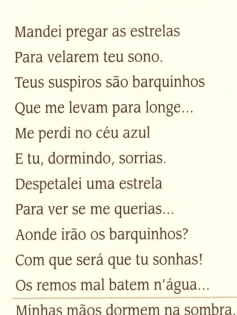

Mandei pregar as estrelas
Para velarem teu sono.
Teus suspiros são barquinhos
Que me levam para longe...
Me perdi no céu azul
E tu, dormindo, sorrias.
Despetalei uma estrela
Para ver se me querias...
Aonde irão os barquinhos?
Com que será que tu sonhas!
Os remos mal batem n'água...
Minhas mãos dormem na sombra.
A quem será que sorris?
Dorme quieto, meu reizinho.
Há dragões na noite imensa,
Há emboscadas nos caminhos...
Despetalei as estrelas,

Apaguei as luzes todas.
Só o luar te banha o rosto
E tu sorris no teu sonho.
Ergues o braço nuzinho,
Quase me tocas... A medo

Eu começo a acariciar-te
Com a sombra de meus dedos...

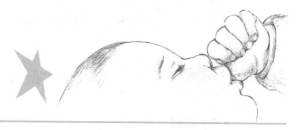

Dorme quieto, meu reizinho.
Os dragões, com a boca enorme,
Estão comendo os sapatos
Dos meninos que não dormem...

Canção de muito longe

Foi-por-cau-sa-do-bar-quei-ro

E todas as noites, sob o velho céu arqueado de
[bugigangas,
A mesma canção jubilosa se erguia.

A canoooavirou
Quemfez elavirar? uma voz perguntava.

Os luares extáticos...

A noite parada...

Foi por causa do barqueiro,
Que não soube remar.

Canção de garoa
Para Telmo Vergara

Em cima do meu telhado,
Pirulin lulin lulin,
Um anjo, todo molhado,
Soluça no seu flautim.

O relógio vai bater:
As molas rangem sem fim.
O retrato na parede
Fica olhando para mim.

E chove sem saber por quê...
E tudo foi sempre assim!
Parece que vou sofrer:
Pirulin lulin lulin...

Canção do charco

Uma estrelinha desnuda
Está brincando no charco.

Coaxa o sapo. E como coaxa!
A estrelinha dança em roda.

Cricrila o grilo. Que frio!
A estrelinha pula, pula.

Uma estrelinha desnuda
Dança e pula sobre o charco.

Para enamorá-la, o sapo
Põe seu chapéu de cozinheiro...

Uma estrelinha desnuda!

O grilo, que é pobre, esse
Escovou seu traje preto...

Desnuda por sobre o charco!

Uma estrelinha desnuda
Brinca... e de amantes não cuida...

Que brancos são seus pezinhos...
Que nua!

É a mesma a ruazinha sossegada

Para Emílio Kemp

É a mesma a ruazinha sossegada,
Com as velhas rondas e as canções de
[outrora...
E os meus lindos pregões da madrugada
Passam cantando ruazinha em fora!

Mas parece que a luz está cansada...
E, não sei como, tudo tem, agora,
Essa tonalidade amarelada
Dos cartazes que o tempo descolora...

Sim, desses cartazes ante os quais
Nós às vezes paramos, indecisos...
Mas para quê?... Se não adiantam mais!...

Pobres cartazes por aí afora
Que inda anunciam: — ALEGRIA — RISOS
Depois do Circo já ter ido embora!...

Um dia acordarás

Para Maria Helena, que me pediu
"uma história bem romântica"

Um dia acordarás num quarto novo
sem saber como foste para lá
e as vestes que acharás ao pé do leito
de tão estranhas te farão pasmar,

a janela abrirás, devagarinho:
fará nevoeiro e tu nada verás...
Hás de tocar, a medo, a campainha
e, silenciosa, a porta se abrirá.

E um ser, que nunca viste, em um sorriso
triste, te abraçará com seu maior carinho
e há de dizer-te para o teu assombro:

— Não te assustes de mim, que sofro há tanto!
Quero chorar — apenas — no teu ombro
e devorar teus olhos, meu amor...

De gramática e de linguagem

E havia uma gramática que dizia assim:
"Substantivo (concreto) é tudo quanto indica
Pessoa, animal ou cousa: João, sabiá, caneta".
Eu gosto é das cousas. As cousas, sim!...
As pessoas atrapalham. Estão em toda parte.
           [Multiplicam-se em excesso.
As cousas são quietas. Bastam-se. Não se metem com
                        [ninguém.
Uma pedra. Um armário. Um ovo. (Ovo, nem sempre,
Ovo pode estar choco: é inquietante...)
As cousas vivem metidas com as suas cousas.
E não exigem nada.
Apenas que não as tirem do lugar onde estão.
E João pode neste mesmo instante vir bater à nossa
                        [porta.

Para quê? não importa: João vem!
E há-de estar triste ou alegre, reticente ou falastrão,
Amigo ou adverso... João só será definitivo
Quando esticar a canela. Morre, João...
Mas o bom, mesmo, são os adjetivos,
Os puros adjetivos isentos de qualquer objeto.
Verde. Macio. Áspero. Rente. Escuro. Luminoso.
Sonoro. Lento. Eu sonho
Com uma linguagem composta unicamente de adjetivos
Como decerto é a linguagem das plantas e dos animais.
Ainda mais:
Eu sonho com um poema
Cujas palavras sumarentas escorram
Como a polpa de um fruto maduro em tua boca,
Um poema que te mate de amor
Antes mesmo que tu lhe saibas o misterioso sentido:
Basta provares o seu gosto...

O dia seguinte do amor

Quando a luz estender a roupa nos telhados
E for todo o horizonte um frêmito de palmas
E junto ao leito fundo nossas duas almas
Chamarem nossos corpos nus, entrelaçados,

Seremos, na manhã, duas máscaras calmas
E felizes, de grandes olhos claros e rasgados...
Depois, volvendo ao sol as nossas quatro palmas,
Encheremos o céu de voos encantados!...

E as rosas da Cidade inda serão mais rosas,
Serão todos felizes, sem saber por quê...
Até os cegos, os entrevadinhos... E

Vestidos, contra o azul, de tons vibrantes e violentos,
Nós improvisaremos danças espantosas
Sobre os telhados altos, entre o fumo e os cata-ventos!

Viagem antiga

Aqui e ali
reses pastando imóveis
como num presépio

a mata ocultando o xixi das fontes

uma cidadezinha de nariz pontudo
furava o céu

depois sumia-se lentamente numa curva

e a gente olhava olhava
sem nenhuma pressa
porque o destino daquelas nossas primeiras viagens
                              [era sempre o horizonte

A gente ainda não sabia

A gente ainda não sabia que a Terra era redonda.
E pensava-se que nalgum lugar, muito longe,
deveria haver num velho poste uma tabuleta qualquer
— uma tabuleta meio torta
e onde se lia, em letras rústicas: FIM DO MUNDO.

Ah! depois nos ensinaram que o mundo não tem fim
e não havia remédio senão irmos andando às tontas
como formigas na casca de uma laranja.
Como era possível, como era possível, meu Deus,
viver naquela confusão?
Foi por isso que estabelecemos uma porção de fins de
[mundo...

Recordo ainda...

Para Dyonelio Machado

Recordo ainda... E nada mais me importa...
Aqueles dias de uma luz tão mansa
Que me deixavam, sempre, de lembrança,
Algum brinquedo novo à minha porta...

Mas veio um vento de Desesperança
Soprando cinzas pela noite morta!
E eu pendurei na galharia torta
Todos os meus brinquedos de criança...

Estrada fora após segui... Mas, ai,
Embora idade e senso eu aparente,
Não vos iluda o velho que aqui vai:

Eu quero os meus brinquedos novamente!
Sou um pobre menino... acreditai...
Que envelheceu, um dia, de repente!...

O dia abriu seu para-sol bordado

Para Érico Veríssimo

O dia abriu seu para-sol bordado
De nuvens e de verde ramaria.
E estava até um fumo, que subia,
Mi-nu-ci-o-sa-men-te desenhado.

Depois surgiu, no céu azul arqueado,
A Lua — a Lua! — em pleno meio-dia.
Na rua, um menininho que seguia
Parou, ficou a olhá-la admirado...

Pus meus sapatos na janela alta,
Sobre o rebordo... Céu é que lhes falta
Pra suportarem a existência rude!

E eles sonham, imóveis, deslumbrados,
Que são dois velhos barcos, encalhados
Sobre a margem tranquila de um açude...

Na outra margem

Na outra margem do Ano Novo
Me sacudo todo como um cão molhado.
De lado a lado da rua
Há um grande cartaz em letra vermelha
Anunciando: FELIZ ANO NOVO!
O povo acredita
O povo ri de orelha a orelha.
Meu Deus, até parece que já está degolado!
Se está, nem acredita... E
Durante todo o santo dia
Do Primeiro do Ano
O povo dança no meio da rua

Cantando a canção da eterna esperança!

A noite grande

Sem o coaxar dos sapos ou o cricri dos grilos
como é que poderíamos dormir tranquilos
a nossa eternidade? Imagina
uma noite sem o palpitar das estrelas
sem o fluir misterioso das águas.
Não digo que a gente saiba que são águas
estrelas
grilos...
— morrer é simplesmente esquecer as palavras.
E conhecermos Deus, talvez,
sem o terror da palavra DEUS!

O peregrino malcontente

Íamos de caminhada. O santo e eu.
Naquele tempo dizia-se: íamos de longada...
E isso explicava tudo, porque longa, longa era
                            [a viagem...
Íamos, pois, o santo, eu, e outros.
Ele era um santo tão fútil que vivia fazendo milagres.
Eu, nada...
Ele ressuscitou uma flor murcha e uma criança
                            [morta
E transformou uma pedra, na beira da estrada,
Em flor-de-lótus.
(Por que flor-de-lótus?)
Um dia chegamos ao fim da peregrinação.

Deus, então,
Resolveu mostrar que também sabia fazer
                          [milagres:
O santo desapareceu!
Mas como? Não sei! desapareceu, bem ali, diante
            [dos nossos olhos que a terra já comeu!
E nós nos prostramos por terra e adoramos ao
                [Senhor Deus todo-poderoso
E foi-nos concedida a vida eterna: isto!
Deus é assim.

Seiscentos e sessenta e seis

A vida é uns deveres que nós trouxemos para
[fazer em casa.
Quando se vê, já são 6 horas: há tempo...
Quando se vê, já é 6ª feira...
Quando se vê, passaram 60 anos...
Agora, é tarde demais para ser reprovado...
E se me dessem — um dia — uma outra oportunidade,
eu nem olhava o relógio
seguia sempre, sempre em frente...

E iria jogando pelo caminho a casca dourada e inútil
[das horas.

Tão simplesmente

Tudo se fazia tão simplesmente:
as chinoquinhas pintavam as faces
com papel de seda vermelho,
os negrinhos tocavam pente
com papel de seda branco,
as mocinhas da casa punham papelotes
antes de irem dormir...
e aplicava-se a Maravilha Curativa
para todas as dores
— menos para as dores de amores,
que já eram as mesmas de sempre!

O mudo passeio do Doutor Quejando

Ora pois,
O Doutor Quejando
Vinha andando
Andando
Quando encontrou o carneirinho Mé
Em companhia da vaquinha Bu.
— Olé!
Como vais tu? — disseram-lhe os dois.
O Doutor Quejando continuou andando.
Mudo.
E o Doutor Quejando e o urubu trocaram um
[horrendo olhar de simpatia.
E o pior de tudo
É que se acabou a história.
Se acabou a história...
E a vida continua.

Anotação que não coube no poema anterior

... o Doutor Quejando — no entanto — amava apaixonadamente os gerúndios...

Se eu fosse um padre

Se eu fosse um padre, eu, nos meus sermões,
não falaria em Deus nem no Pecado
— muito menos no Anjo Rebelado
e os encantos das suas seduções,

não citaria santos e profetas:
nada das suas celestiais promessas
ou das suas terríveis maldições...
Se eu fosse um padre eu citaria os poetas

Rezaria seus versos, os mais belos,
desses que desde a infância me embalaram
e quem me dera que alguns fossem meus!

Porque a poesia purifica a alma
... e um belo poema — ainda que de Deus se aparte —
um belo poema sempre leva a Deus!

Passarinho empalhado

Quem te empoleira lá no alto
do chapéu da contravó,
tico-tico surubico?
Tão triste... tão feio... tão só...
Meu tico-tiquinho coberto de pó...
E tu que querias fazer o teu ninho
na máquina do Giovanni fotógrafo!

Apontamentos para uma elegia

I

Debruço-me
Sobre mim
Com a melancolia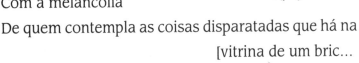
De quem contempla as coisas disparatadas que há na
[vitrina de um bric...
Pobre alma, menina feia!
As lágrimas embaciam os teus óculos.
E o mais triste é que não são verdadeiras lágrimas,
São um mero subproduto do tempo,
Como esse pó de asas de mariposas
Que ele vai esfarelando, aqui e ali sobre todas
[as cousas...

II
O meu Anjo da Guarda é dentuço,
Tem uma asa mais baixa que a outra.

III
Obrigado, meninazinha, por esse olhar confiante,
Pelo teu beijo como uma estrelinha...
Há muito que eu não me sentia assim, tão bem
[comigo...
Há muito que só me dirigiam olhares de interrogação!

IV
E obrigado, papel, por tua palidez de espanto.

V
Poeta, está na hora em que os galos móveis dos
[para-raios
Bicam a rosa dos ventos,
Está na hora de trocares a tua veste feita de
[momentos...

Está na hora
E quando
Aflito
Levas
Teu relógio ao ouvido
Só ouves o misterioso apelo das águas cantando
[distantes!

Os pés

Meus pés no chão
Como custaram a reconhecer o chão!
Por fim os dedos dessedentaram-se no lodo macio,
                    [agarraram-se ao chão...
Ah, que vontade de criar raízes!

Uma simples elegia

Caminhozinho por onde eu ia andando
e de repente te sumiste
— o que seria que te aconteceu?
Eu sei... o tempo... as ervas más... a vida...
Não, não foi a morte que acabou contigo:
Foi a vida.
Ah nunca a vida fez uma história mais triste
que a de um caminho que se perdeu...

Tudo tão vago...

Nossa Senhora
Na beira do rio
Lavando os paninhos
Do bento filhinho...
(*de uma cantiga de ninar*)
Tudo tão vago... Sei que havia um rio...
Um choro aflito... Alguém cantou, no
[entanto...

E ao monótono embalo do acalanto
O choro pouco a pouco se extinguiu...

O Menino dormira... Mas o canto
Natural como as águas prosseguiu...
E ia purificando como um rio
Meu coração que enegrecera tanto...

E era a voz que eu ouvi em pequenino...
E era Maria, junto à correnteza,
Lavando as roupas de Jesus Menino...

Eras tu... que ao me ver neste abandono,
Daí do Céu cantavas com certeza
Para embalar inda uma vez meu sono!...

Canção de primavera

Um azul do céu mais alto,
Do vento a canção mais pura
Me acordou, num sobressalto,
Como a outra criatura...

Só conheci meus sapatos
Me esperando, amigos fiéis,
Tão afastado me achava
Dos meus antigos papéis!

Dormi, cheio de cuidados
Como um barco soçobrando,
Por entre uns sonhos pesados
Que nem morcegos voejando...

Quem foi que ao rezar por mim
Mudou o rumo da vela
Para que eu desperte, assim,
Como dentro de uma tela?

Um azul do céu mais alto,
Do vento a canção mais pura
E agora... este sobressalto...
Esta nova criatura!

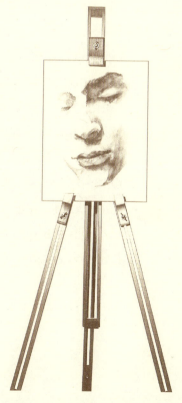

Os dois gatos
(uma fábula traduzida de Florian)

Dois bichanos,
Nascidos ambos sob o mesmo teto,
Eram, como sucede às vezes entre manos,
Diferentes de humor, como de aspeto.
O mais velho dos dois, um branco, dava gosto
Olhá-lo. Dir-se-ia um cônego em arminho,
Tão rechonchudo era, e liso, e bem-disposto.
    Olhar todo carinho...
E além do mais, dado à preguiça e à gula.

    Quanto ao caçula...
    Ora! Vede
Se tinha compostura aquilo... Um verdadeiro
    Gato pingado!
Negro, desse negror de poço em noite escura,
Sobre a espinha recurva ao feitio de uma rede
Não tinha mais que a pele, o desgraçado.
No entretanto passava a noite, o dia inteiro,
A correr, do porão à água-furtada,
    Na tenaz procura
    De possível caça.
Apesar disto... nada!
Sempre chupado como um gato em passa...

Lá um dia, diz ele a seu irmão:
— "Eu sempre no serviço,
E tu, sempre no sono,
Ó sorte desigual!
Por que motivo então
Nos trata o nosso dono
A ti, tão bem, e a mim tão mal?

Não, francamente, eu não compreendo isso..."
— "Mas, é claro!
Só Deus sabe a existência que tu passas...
E todo esse trabalho cansativo e longo
Para afinal, de raro em raro,
Comer, tristonhamente, um triste camondongo!..."

— "Seja! Mas eu, meu caro,
Eu estou sempre ao lado do patrão,
Divirto-o com minhas graças,
Esfrego o pelo em suas calças
E ronrono e me enrosco e me contorço...
E assim, sem maior esforço,
Vou ganhando um vidão, regalado e tranquilo.
Carícias falsas
E maneiras fúteis,
Isso agrada ao patrão... Mas tu, para teu mal,
Só o que sabes é servi-lo!
Olha, maninho, o essencial
É fazermo-nos hábeis, e não úteis."

Tão lenta e serena e bela

Tão lenta e serena e bela e majestosa
                [vai passando a vaca
Que, se fora na manhã dos tempos, de rosas a coroaria
A vaca natural e simples como a primeira canção
A vaca, se cantasse,
Que cantaria?
Nada de óperas, que ela não é dessas, não!
Cantaria o gosto dos arroios bebidos de madrugada,
Tão diferente do gosto de pedra do meio-dia!
Cantaria o cheiro dos trevos machucados.
Ou, quando muito,
A longa, misteriosa vibração dos alambrados...
Mas nada de superaviões, tratores, êmbolos
E outros truques mecânicos!

Canção de baú

Sempre-viva... Sempre-morta...
Pobre flor que não teve infância!
E que a gente, às vezes, pensativo encontra
Nos baús das avozinhas mortas...

Uma esperança que um dia eu tive,
Flor sem perfume, bem assim que foi:
Sempre morta... Sempre viva...
No meio da vida caiu e ficou!

O ovo

Na Terra deserta
A última galinha põe o último ovo...

Seu cocoricó não encontra eco...

O Anjo a que estava afeto o cuidado da Terra
Dá de asas e come o ovo.

Humm! o ovo vai sentar-lhe mal...
O OVO!

O Anjo, dobrado em dois, aperta em dores o ventre
                                          [angélico.

De repente,
O Anjo cai duro, no chão!

(Alguém, invisível, ri baixinho...)

O baú

Como estranhas lembranças de outras vidas,
que outros viveram, num estranho mundo,
quantas coisas perdidas e esquecidas
no teu baú de espantos... Bem no fundo,

uma boneca toda estraçalhada!
(isto não são brinquedos de menino...
alguma coisa deve estar errada)
mas o teu coração em desatino

te traz de súbito uma ideia louca:
é ela, sim! Só pode ser aquela,
a jamais esquecida Bem-Amada.

E em vão tentas lembrar o nome dela...
e em vão ela te fita... e a sua boca
tenta sorrir-te mas está quebrada!

Cadeira de balanço

Quando elas se acordam
do sono, se espantam
das gotas de orvalho
na orla das saias,
dos fios de relva
nos negros sapatos,
quando elas se acordam
na sala de sempre,
na velha cadeira
em que a morte as embala...

E olhando o relógio
de junto à janela
onde a única hora,
que era a da sesta,
parou como gota
que ia cair,
perpassa no rosto
de cada avozinha

um susto do mundo
que está deste lado...

Que sonho sonhei
que sinto inda um gosto
de beijo apressado?

— diz uma e se espanta:
Que idade terei?
Diz outra: — Eu corria
menina em um parque...
e como saberia
o tempo que era?

Os pensamentos delas
já não têm sentido...

A morte as embala,
as avozinhas dormem
na deserta sala
onde o relógio marca
a nenhuma hora

enquanto suas almas
vêm sonhar no tempo
o sonho vão do mundo...
e depois se acordam
na sala de sempre

na velha cadeira
em que a morte as embala...

Cocktail party
Para Elena Quintana

Não tenho vergonha de dizer que estou triste,
Não dessa tristeza ignominiosa dos que, em vez de
                [se matarem, fazem poemas:
Estou triste porque vocês são burros e feios
E não morrem nunca...
Minha alma assenta-se no cordão da calçada
E chora,
Olhando as poças barrentas que a chuva deixou.
Eu sigo adiante. Misturo-me a vocês. Acho vocês
                    [uns amores.
Na minha cara há um vasto sorriso pintado a
                    [vermelhão.
E trocamos brindes,
Acreditamos em tudo o que vem nos jornais.
Somos democratas e escravocratas.
Nossas almas? Sei lá!
Mas como são belos os filmes coloridos!
(Ainda mais os de assuntos bíblicos...)
Desce o crepúsculo
E, quando a primeira estrelinha ia refletir-se em todas
                    [as poças d'água,
Acenderam-se de súbito os postes de iluminação!

O cais

Naquele nevoeiro
Profundo profundo...
Amigo ou amiga,
Quem é que me espera?

Quem é que me espera,
Que ainda me ama,
Parado na beira
Do cais do Outro Mundo?

Amigo ou Amiga
Que olhe tão fundo
Tão fundo em meus olhos
E nada me diga...

Que rosto esquecido...
Ou radiante face
Puro sorriso
De algum novo amor?!

Poema da gare de Astapovo

O velho Leon Tolstói fugiu de casa aos
[oitenta anos
E foi morrer na gare de Astapovo!
Com certeza sentou-se a um velho banco,
Um desses velhos bancos lustrosos pelo uso
Que existem em todas as estaçõezinhas pobres
[do mundo,
Contra uma parede nua...
Sentou-se... e sorriu amargamente
Pensando que
Em toda a sua vida
Apenas restava de seu a Glória,
Esse irrisório chocalho cheio de guizos e fitinhas
Coloridas
Nas mãos esclerosadas de um caduco!

E então a Morte,
Ao vê-lo tão sozinho àquela hora
Na estação deserta,
Julgou que ele estivesse ali à sua espera,
Quando apenas sentara para descansar um pouco!
A Morte chegou na sua antiga locomotiva
(Ela sempre chega pontualmente na hora incerta...)
Mas talvez não pensou em nada disso, o grande Velho,
E quem sabe se até não morreu feliz: ele fugiu...
Ele fugiu de casa...
Ele fugiu de casa aos oitenta anos de idade...
Não são todos os que realizam os velhos sonhos da
                              [infância!

Depois do fim

Brotou uma flor dentro de uma caveira.
Brotou um riso em meio a um De Profundis.
Mas o riso era infantil e irresistível,
As pétalas da flor irresistivelmente azuis...
Um cavalo pastava junto a uma coluna
Que agora apenas sustentava o céu.
A missa era campal: o vendaval dos cânticos
Curvava como um trigal a cabeça dos fiéis.
Já não se viam mais os pássaros mecânicos.
Tudo já era findo sobre o velho mundo.
Diziam que uma guerra simplificara tudo.
Ficou, porém, a prece, um grito último da esperança...
Subia, às vezes, no ar, aquele riso inexplicável
                                    [de criança
E sempre havia alguém reinventando amor.

Um voo de andorinha

Um voo de andorinha
Deixa no ar o risco de um frêmito...
Que é isto, coração?! Fica aí, quietinho:
Chegou a idade de dormir!
Mas
Quem é que pode parar os caminhos?
E os rios cantando e correndo?
E as folhas ao vento? E os ninhos...
E a poesia...
A poesia como um seio nascendo...

O poeta e a sereia

Sereiazinha do rio Ibira...
Feiosa,
Até sardas tem.
Cantar não sabe:
Olha e me quer bem.
Seus ombros têm frio.
Embalo-a nos joelhos,
Ensino-lhe catecismo
E conto histórias que inventei especialmente para o seu
[espanto.

Um dia ela voltou para o seu elemento!

Sereiazinha,
Eu é que sinto frio agora...

De repente

Olho-te espantado:
Tu és uma Estrela-do-Mar.
Um minério estranho.
Não sei...

No entanto,
O livro que eu lesse,
O livro na mão.
Era sempre o teu seio!

Tu estavas no morno da grama,
Na polpa saborosa do pão...

Mas agora encheram-se de sombras os cântaros

E só o meu cavalo pasta na solidão.

Evolução

Todas as noites o sono me atira da beira de
[um cais
e ficamos repousando no fundo do mar.
O mar onde tudo recomeça...
Onde tudo se refaz...
Até que, um dia, nós criaremos asas.
E andaremos no ar como se anda em terra.

Cuidado!

Nós somos gestantes da alma... Cuidado!
É preciso muito, muito cuidado
Para que a alma possa nascer normal na outra vida.
Nesta, ela mal pode, ela quase não tem tempo de
                                  [ficar pronta!
Como é possível, com esses cuidados e mais cuidados
                                  [sem conta,
Ah, toda essa vergonha de sermos devorados
  — meticulosamente — por milhões de ratos
    [durante sessenta, setenta, oitenta anos
Quando bem poderia surgir de súbito o nobre leão
                                  [da morte
Na plenitude nossa
Como acontece com os heróis da Ilíada,
Mas os heróis só morrem — no País da Ilíada —
Belos e jovens...
Aqui, qualquer heroísmo se desmoraliza dia a dia
[como a barba do Tempo arrancada, fio a fio,
                            [das folhinhas...
Como é possível, como é possível uma alma triturada
                              [assim pelos relógios?
Como é possível nascer com um barulho destes?

Canção de um dia de vento

Para Maurício Rosenblatt

O vento vinha ventando
Pelas cortinas de tule.

As mãos da menina morta
Estão varadas de luz.
No colo, juntos, refulgem
Coração, âncora e cruz.

Nunca a água foi tão pura...
Quem a teria abençoado?
Nunca o pão de cada dia
Teve um gosto mais sagrado.

E o vento vinha ventando
Pelas cortinas de tule...

Menos um lugar na mesa,
Mais um nome na oração,
Da que consigo levara
Cruz, âncora e coração

(E o vento vinha ventando...)

Daquele de cujas penas
Só os anjos saberão!

A canção da vida

A vida é louca
a vida é uma sarabanda
e um corrupio...
A vida múltipla dá-se as mãos como um bando
de raparigas em flor
e está cantando
em torno a ti:
Como eu sou bela,
amor!
Entra em mim, como em uma tela
de Renoir
enquanto é primavera,
enquanto o mundo
não poluir
o azul do ar!
Não vás ficar
não vás ficar
aí...
como um salso chorando
na beira do rio...
(Como a vida é bela! como a vida é louca!)

Inscrição para uma lareira

A vida é um incêndio: nela
dançamos, salamandras mágicas.
Que importa restarem cinzas
se a chama foi bela e alta?
Em meio aos toros que desabam,
cantemos a canção das chamas!

Cantemos a canção da vida,
na própria luz consumida...

AUTOR E OBRA

Mario de Miranda Quintana nasceu na cidade de Alegrete, RS, em 30 de julho de 1906. Aprendeu a ler em jornais e com a ajuda de seus pais aprendeu também o francês e o espanhol.

Completou o curso elementar na sua cidade natal e, em 1919, matriculou-se no Colégio Militar de Porto Alegre.

Trabalhou como redator e colaborador dos jornais *Diário de Notícias*, *O Estado do Rio Grande do Sul* e *Correio do Povo*.

Em 1927, venceu um concurso de contos do *Diário de Notícias* com "A sétima personagem" e começou a publicar poemas na *Revista do Globo*.

Nos anos seguintes, como integrante da equipe de tradutores da Editora Globo, traduziu para o português obras de Proust, Voltaire, Virginia Woolf, Maupassant, Conrad, Balzac, Graham Greene e outros autores.

Mas seu forte mesmo sempre foram os poemas. Para o poeta (conforme declarou a um jornal de São Paulo) "a poesia é uma maneira de falar sozinho. Porque a gente, quando está conversando, fala sobre coisas, sobre a vida deste, a vida daquele, acontecimentos do dia. Quem sabe vê uma mancha muito interessante no muro, num muro sépia, uma mancha verde, vê uma nuvenzinha lá no céu perdida. Então, se eu disser isto, você fala: 'Coitado, é louco'. Então, tudo que não é matéria de fofoca é poesia. Essas coisas a gente não pode dizer. O comum das gentes raciocina por associação de ideias, e o poeta por associação de imagens".

Mario Quintana lançou em 1940 seu primeiro livro de poesia, *A rua dos cata-ventos*. A partir daí seguiu-se uma fecunda produção:

Canções, 1946; *Sapato florido*, 1947; *O batalhão das letras*, 1948; *Espelho mágico*, 1948; *Aprendiz de feiticeiro*, 1950; *Inéditos e esparsos*, 1953; *Poesias*, 1962; *Antologia poética*, 1966; *Caderno II*, 1973; *Pé de pilão*, 1975; *Apontamentos de história sobrenatural*, 1976; *Quintanares*, 1976; *A vaca e o hipogrifo*, 1977; *Prosa & verso*, 1978; *Na volta da esquina*, 1979; *Esconderijos do tempo*, 1980; *Nova antologia poética*, 1981; *Lili inventa o mundo*, 1983; *Os melhores poemas*, 1983.

Faleceu em 5 de maio de 1994, em Porto Alegre-RS.